BILBO

Collection dirigée par
Stéphanie Durand

Du même auteur chez Québec Amérique

Jeunesse

SÉRIE PETIT BONHOMME
Le Corps du Petit Bonhomme, coll. Album, 2005.
Les Images du Petit Bonhomme, coll. Album, 2003.
Les Chiffres du Petit Bonhomme, coll. Album, 2003.
Les Musiques du Petit Bonhomme, coll. Album, 2002.
Les Mots du Petit Bonhomme, coll. Album, 2002.

SÉRIE PETIT GÉANT
Le Dernier Cauchemar du petit géant, coll. Mini-Bilbo, 2007.
Le Grand Ménage du petit géant, coll. Mini-Bilbo, 2005.
Le Petit Géant somnambule, coll. Mini-Bilbo, 2004.
Les Animaux du petit géant, coll. Mini-Bilbo, 2003.
Le Camping du petit géant, coll. Mini-Bilbo, 2002.
L'Orage du petit géant, coll. Mini-Bilbo, 2001.
La Nuit blanche du petit géant, coll. Mini-Bilbo, 2000.
La Planète du petit géant, coll. Mini-Bilbo, 1999.
Les Voyages du petit géant, coll. Mini-Bilbo, 1998.
La Fusée du petit géant, coll. Mini-Bilbo, 1998.
L'Hiver du petit géant, coll. Mini-Bilbo, 1997.
Les Cauchemars du petit géant, coll. Mini-Bilbo, 1997.

SÉRIE NOÉMIE
Noémie 20 – Les Grandes Paniques, coll. Bilbo, 2010.
Noémie 19 – Noémie fait son cinéma!, coll. Bilbo, 2009.
Noémie 18 – La Baguette maléfique, coll. Bilbo, 2008.
Noémie 17 – Bonheur à vendre, coll. Bilbo, 2007.
Noémie 16 – Grand-maman fantôme, coll. Bilbo, 2006.
Noémie 15 – Le Grand Amour, coll. Bilbo, 2005.
Noémie 14 – Le Voleur de grand-mère, coll. Bilbo, 2004.
Noémie 13 – Vendredi 13, coll. Bilbo, 2003.
Noémie 12 – La Cage perdue, coll. Bilbo, 2002.
Noémie 11 – Les Souliers magiques, coll. Bilbo, 2001.
Noémie 10 – La Boîte mystérieuse, coll. Bilbo, 2000.
Noémie 9 – Adieu, grand-maman, coll. Bilbo, 2000.
Noémie 8 – La Nuit des horreurs, coll. Bilbo, 1999.
Noémie 7 – Le Jardin zoologique, coll. Bilbo, 1999.
Noémie 6 – Le Château de glace, coll. Bilbo, 1998.
Noémie 5 – Albert aux grandes oreilles, coll. Bilbo, 1998.
Noémie 4 – Les Sept Vérités, coll. Bilbo, 1997.
Noémie 3 – La Clé de l'énigme, coll. Bilbo, 1997.
Noémie 2 – L'Incroyable Journée, coll. Bilbo, 1996.
Noémie 1 – Le Secret de Madame Lumbago, coll. Bilbo, 1996.
    • **Prix du Gouverneur général du Canada 1996**

Moi, Noémie et les autres, coll. Bilbo, 2009.
Ma meilleure amie, coll. Album, 2007.
    • **Prix du Gouverneur général du Canada 2008 - Illustrations**
    • **Prix Alvine-Bélisle 2008**
La Nuit rouge, coll. Titan, 1998.

Adulte

Les Parfums d'Élisabeth, coll. Littérature d'Amérique, 2002.
Le Mangeur de pierres, coll. Littérature d'Amérique, 2001.

Noémie

Papa Dracula !

Catalogage avant publication de Bibliothèque et Archives nationales du Québec et Bibliothèque et Archives Canada

Tibo, Gilles

Papa Dracula!

(Noémie; 21)

(Bilbo; 188)

Pour les jeunes.

ISBN 978-2-7644-1291-6

I. Laliberté, Louise-Andrée. II. Titre. III. Collection: Tibo, Gilles. Noémie 21. IV. Collection: Bilbo jeunesse; 188.

PS8589.I26P34 2011   jC843'.54   C2011-940849-X

PS9589.I26P34 2011

Conseil des Arts du Canada   Canada Council for the Arts

SODEC
Québec

Nous reconnaissons l'aide financière du gouvernement du Canada par l'entremise du Fonds du livre du Canada pour nos activités d'édition.

Gouvernement du Québec – Programme de crédit d'impôt pour l'édition de livres – Gestion SODEC.

Les Éditions Québec Amérique bénéficient du programme de subvention globale du Conseil des Arts du Canada. Elles tiennent également à remercier la SODEC pour son appui financier.

Québec Amérique

329, rue de la Commune Ouest, 3e étage

Montréal (Québec) H2Y 2E1

Téléphone: 514 499-3000, télécopieur: 514 499-3010

Dépôt légal: 4e trimestre 2011

Bibliothèque nationale du Québec

Bibliothèque nationale du Canada

Projet dirigé par Geneviève Brière

Révision linguistique: Chantale Landry et Diane-Monique Daviau

Mise en pages: André Vallée – Atelier typo Jane

Conception graphique: Célia Provencher-Galarneau

GILLES TIBO

Noémie
Papa Dracula !

ILLUSTRATIONS DE LOUISE-ANDRÉE LALIBERTÉ

Québec Amérique

À Jolène, la petite chérie
de son grand-papa Roger

1

Horreur au réveil

Ce matin, je me réveille en sursaut. J'ai des papillons dans le ventre… Mes poumons se gonflent et se dégonflent à une vitesse folle. Toute la nuit, j'ai rêvé que j'étais talonnée par des vampires qui voulaient me mordre dans le cou, poursuivie par des Draculas qui désiraient m'emporter dans des châteaux hantés, assaillie par des chauves-souris qui cherchaient à me tirer les cheveux. Toute la nuit, je me suis tournée et retournée dans mon lit. Je me suis caché la tête sous mes draps, sous mes oreillers, et même sous une pile d'oursons en peluche, mais toujours, toujours, les vampires me poursuivaient. Il y en avait des petits, des moyens, des gros et ils étaient tous plus épouvantables les uns que les autres!

Pour me calmer, je me répète :

Noémie, détends-toi… Noémie, tout va bien…

J'ouvre les paupières. Dans la pénombre, je regarde les murs de ma chambre. Ils sont recouverts de belles affiches douces et roses. Fiou! Je me relaxe un peu… Ensuite, pour chasser les dernières chauves-souris qui voltigent encore dans ma tête, j'essaie d'imaginer de beaux paysages. Je pense à un lac très calme. Je pense à un superbe coucher de soleil, mais je n'ai pas le temps d'imaginer autre chose. Le plancher du

couloir craque. Quelqu'un marche dans le corridor. Je me pince les joues pour être bien certaine que je ne rêve pas encore. AOUTCH! Non, je ne rêve plus. Je suis bien réveillée.

Le vampire s'approche de la porte, puis, lentement, très lentement comme dans les films, il commence à faire tourner la poignée. Elle tourne pour de vrai! J'ai tellement peur que mes cheveux se dressent sur ma tête. Mes poils se hérissent. Ma peau frissonne… La poignée tourne… Les pentures grincent… Gniiii… Gniiii… La porte s'entrouvre légèrement. Efrayée, j'enfouis ma tête sous mes draps. Je ferme les yeux, mais je ne peux pas me fermer les oreilles. J'entends le vampire entrer dans ma chambre. Le plancher craque sous ses pas…

Crac… Crac… Crac… Je suis certaine que sa figure est blanche comme un drap! Je suis certaine que ses canines sont longues et effilées! Je suis certaine qu'il porte une immense cape noire! Je suis certaine qu'il…

Crac… Crac… Crac… Le vampire se promène dans ma chambre à la recherche d'une victime! J'ai tellement peur que mon cerveau se détraque. J'essaie de me convaincre qu'il n'y a aucun vampire entre les murs de ma chambre. J'essaie d'imaginer autre chose, n'importe quoi. C'est peut-être juste un ogre qui veut dévorer une petite fille. C'est peut-être juste une sorcière qui veut enlever une fillette sans défense. C'est peut-être juste un fantôme qui s'est égaré… Ou bien, c'est autre chose… autre chose comme…

comme un Hounoubalou des profondeurs, un Rastiko des pays d'en haut ou un Métrogalopidus souterrain… Ça, ce sont des monstres que j'ai inventés, dessinés et cachés sous mon lit parce qu'ils sont trop effrayants.

Crac… Crac… Crac… Je n'ai pas le temps d'inventer d'autres monstres plus doux et plus sympathiques. Le vampire se promène toujours dans ma chambre à la recherche de chair fraîche. Il ouvre la porte de ma garde-robe. Il fouille. Il farfouille. Clic! Clic! Clic! Les cintres cognent les uns contre les autres.

Puis, le Dracula se dirige vers ma commode. Il fouille dans le premier tiroir, dans le deuxième, dans le troisième et dernier. Moi, pendant ce temps, j'essaie de disparaître sous mes draps. Je ne bouge plus, ne respire plus. J'essaie de me cacher en dedans de moi, mais c'est impossible puisque j'y suis déjà.

Crac… Crac… Crac… Soudain, le Méchant s'approche. Impossible de me contrôler. Je tremble de partout. Je tremble tellement fort que mon lit vibre contre le mur. Toc… Toc… Toc… Toc… Toc… Et comme si ce n'était pas assez, je commence à claquer des dents. Clac… Clac… Clac… Clac… Clac… Ma dernière heure, ma dernière minute, ma dernière seconde est arrivée. Toc… Toc… Toc… Clac… Clac… Clac… Toute ma vie défile à l'envers comme dans un film qui se rembobine. Toc… Toc… Toc… Clac… Clac… Clac… Le vampire frôle mon épaule, me secoue un peu. Toc…

Toc… Toc… Clac… Clac… Clac…
J'essaie de ne pas bouger, de ne
pas respirer, de ne pas penser,
mais je suis aussi crispée qu'un
biscuit sec, aussi tendue qu'une
barre de métal. Toc… Toc… Toc…
Clac… Clac… Clac… La chose
épouvantable me secoue encore
l'épaule… Et soudainement,
j'entends une voix bizarre, une
voix basse et rauque et caverneuse, me dire, comme si elle
venait du fond d'un donjon : ·

—Noémie ! C'est l'heure de
te lever !

Toc… Toc… Toc… Clac…
Clac… Clac… J'entends bien la
voix caverneuse répéter «Noémie,
c'est l'heure de te lever», mais
dans ma tête, les mots se transforment pour devenir : «Noémie,
c'est l'heure de vérité. » Puis,

finalement, en «Noémie, je vais te dévorer».

Toc… Toc… Toc… Clac… Clac… Clac… Je me recroqueville encore plus profondément sous mes couvertures. La voix rauque répète la même phrase en me secouant de plus en plus fort. J'ai tellement peur que tous les muscles de mon corps deviennent comme des ressorts qui se tendent en même temps. Je sursaute. Mes yeux s'écarquillent. Je manque de m'évanouir de terreur ! Dans la demi-obscurité de ma chambre, juste devant moi, je devine quelque chose qui ne ressemble pas du tout à un vampire qui vient de la planète Terre. J'aperçois quelque chose qui ressemble à une sorte de vampire extraterrestre comme je n'en avais jamais vu, ni dans les films, ni dans les livres,

ni à la télévision. Mon cœur cesse de battre. Mon cerveau s'éteint. Mes mots et mes idées s'entre-mêlent comme des spaghettis trop cuits. J'ai peur que, ce matin, la peur qui me hante depuis que je suis toute petite devienne plus grande que celle que je croyais avoir quand j'avais trois ans… Bon, euh, ce que j'essaie de dire, c'est que je crains que ma vieille peur de me faire enlever par des extraterrestres se réalise ce matin!

Je tremble tellement que je vais exploser en mille morceaux! J'essaie de crier, mais aucun son ne sort de ma bouche. J'essaie de bouger, mais je suis paralysée par l'horreur de la situation. L'espèce de vampire extraterrestre se penche au-dessus de moi. Je vois, à contre-jour, la forme de sa grosse tête qui se balance lentement de gauche à droite. Ses petits yeux, contenus dans de plus grands yeux, me fixent avec étonnement.

Le monstre s'approche encore pour m'examiner de plus près. Je n'en peux plus. Je sursaute en criant :

—HIIIIIIII !

Le vampire, surpris par ma réaction, bondit lui aussi en criant :

—HIIIIIIII !

Une fois la surprise passée, le monstre se penche encore vers moi. Il ouvre sa petite bouche, qui semble contenue dans une plus grande, pour dire de sa voix rauque :

—N'aie pas peur, Noémie ! C'est moi !

Encore sous le choc, je demande en bégayant :

—Moi… oi… oi…? Qui ça… a… a, moi… oi… oi?

—Moi! Voyons donc!

Alors là, je n'en peux plus. Recroquevillée dans mes draps, je dis en pleurant et en tremblant :

—Mais non, je ne vous connais pas! Snif! Je ne connais personnellement aucun vampire extra-terrestre. Snif! De… de quelle planète venez-vous? Snif… snif…

2

Fiou !

La grosse chose venue de l'espace, penchée au-dessus de moi, ouvre les bras et me dit avec sa voix d'outre-tombe :

— Mais voyons, Noémie, c'est moi, ta maman!!!

Je suis tellement surprise que je me frotte les yeux… Ensuite, je regarde comme il faut, mais je ne reconnais pas ma mère. Je suis peut-être en train de devenir folle, mais je ne suis pas naïve. Je sais très bien que les extraterrestres utilisent souvent cette tactique pour tromper leurs victimes. Souvent, même, ils prennent l'apparence de quelqu'un qu'on aime pour mieux nous manipuler à leur guise. Mais, je le répète, je ne suis pas naïve. J'ai beaucoup d'expérience! Pour lui prouver que sa tactique ne fonctionne pas, je réponds :

— Ma mère, elle n'a pas la voix rauque. Elle n'a pas une grosse tête couverte de rouleaux d'aluminium. Elle n'a pas de petits yeux dans de grands yeux, et elle n'a pas une petite bouche contenue dans une plus grande.

Le monstre recule un peu. Voyant que je viens de semer le doute dans son esprit, j'ajoute :

— Ma mère, je la reconnaîtrais à plus de mille kilomètres. Ma mère, à l'Halloween, je la reconnaîtrais sous n'importe quel déguisement. Et en plus, ma mère, elle n'empeste pas le concombre à plein nez!

Alors là, il se passe la chose la plus incroyable de toute ma vie. Le vampire de l'espace se met à rire d'une voix éteinte.

— Hiii! Hiii! Hiii! et Hiii! Hiii! Hiii!

En rigolant, – Hiii! Hiii! Hiii! –, le monstre allonge le bras et allume la petite lampe posée près de mon lit. J'écarquille les yeux, qui deviennent plus grands que des roues de vélos. Je n'en crois pas mes pupilles dilatées… Je… je… En regardant bien, il me semble reconnaître ma mère qui porte d'immenses bigoudis sur la tête et qui me sourit derrière un masque de crème verdâtre. Je suis tellement désemparée que j'éclate en sanglots.

—Maman, snif… Je viens d'avoir… snif… la peur de ma vie!

Elle me répond de sa voix caverneuse :

—Excuse-moi ma chérie, je n'ai pas voulu te faire peur!

—Snif… snif… Pendant toute la nuit, j'ai rêvé à des vampires et maintenant, je me fais surprendre par un monstre extraterrestre, snif…!

Elle me répond encore de sa grosse voix :

— Excuse-moi, Noémie…

— Snif… Mais pourquoi es-tu déguisée ainsi?

Elle avale un peu de salive, puis elle m'explique avec sa voix d'outre-tombe :

— Ce matin, je me suis mis des bigoudis pour me friser les cheveux. Ensuite, pour hydrater la peau de mon visage, je me suis fait un masque au concombre! Tu comprends?

— Snif… Je… euh… Mais pourquoi parles-tu avec la voix si basse?

Ma mère murmure de sa voix de baryton :

— C'est parce que j'ai un gros, un très gros mal de gorge!

— Pourquoi?

— Parce que, hier, j'ai passé trois heures en réunion, dans un bureau climatisé, trop climatisé…

— Ah…

Ma mère caresse mes cheveux, me sourit et me demande, toujours en chuchotant d'une voix caverneuse :

— Veux-tu que je te donne un beau bec aux concombres?

— Non merci, ça va aller. J'ai eu assez d'émotions pour la journée, pour la semaine, pour le mois qui s'en vient!

Ma mère quitte ma chambre. Je reste quelques instants, bien au chaud et bien en sécurité sous mes draps. Je ferme les yeux et, sans même le vouloir, je pense à tous les cauchemars de vampires que j'ai faits pendant la nuit. J'essuie mes yeux, snif... Je me demande ce que je ferais si je me retrouvais, pour de vrai, devant d'authentiques vampires. Il faudrait que je trouve des moyens pour me défendre... Pfff... Facile! Premièrement, je vais inventer un détecteur de vampires... Deuxièmement, je vais construire un piège à vampire. Et troisièmement...

Toc! Toc! Toc! Ma mère frappe à la porte de ma chambre, puis, avec sa grosse tête qui ne me fait plus peur, elle me dit :

—Vite, Noémie, c'est le temps de déjeuner!

—Oui! Oui! J'arrive!

Je sors de mon lit. Je m'habille en vitesse en essayant de ne plus penser à mes cauchemars et à toutes mes interrogations… Je me rends à la salle de bains. Ma mère éponge son visage, puis, un à un, elle enlève ses bigoudis. Je me retrouve devant une maman aussi frisée qu'un mouton… Elle se regarde dans la glace, puis elle se fait de beaux sourires. Pour lui faire plaisir, je lui dis qu'elle a rajeuni de dix ans. Elle me répond :

— Merci, ma chérie!

J'ajoute en riant :

— Moi, si je rajeunissais de dix ans, je ne serais même pas née! Hi! Hi! Hi!

Ma mère m'embrasse sur le front. Elle quitte la salle de bains en emportant sa trousse de maquillage. Moi, je me regarde dans la glace. Je suis bien contente de voir mes yeux, ma bouche, mon menton… Les vampires, eux, ils ne peuvent pas se voir dans une glace. C'est comme ça dans tous les films de vampires. Donc, particulièrement ce matin, je suis très, très heureuse d'être une petite fille normale, une petite fille qui n'est pas une petite fille vampire… Mon cas est clair. Le cas de ma mère est clair. Je viens tout juste de la voir dans la glace de la salle de bains. Mais… mais qu'en est-il de mon père? Pour le savoir, je dois vérifier tout de suite son état! Si je le vois dans la glace, c'est parce qu'il n'est pas un vampire. Si je ne le vois pas, ça veut dire… ça veut dire que ma mère et moi, nous vivons avec un papa Dracula!

3

Horreur dans la cuisine

Juste le fait de penser que mon père est peut-être un vampire me glace le sang. Mais je n'ai pas le choix, je dois vérifier, sinon, je n'aurai jamais l'esprit tranquille, je vais commencer à imaginer toutes sortes de choses pas très agréables et je vais avoir peur de mon gentil papa chaque fois que je vais le voir.

Pour attirer mon père dans la salle de bains, je crie :

— Papa, viens ici, s'il te plaît!

De la cuisine, il me répond :

— Pour quoi faire?

—Viens ici, j'ai besoin de toi!

—Je n'ai pas le temps! Je prépare ton lunch!

Alors, j'emploie les grands moyens :

—Papa, j'ai du savon dans les yeux!

Aucune réaction de mon père. J'ajoute, d'une voix horrifiée :

—Papa, j'ai avalé ma brosse à dents!

Aucune réaction…

—Papa, j'ai avalé une débarbouillette!

Aucune réaction… Alors, je joue le tout pour le tout :

—Papa, je suis en train de me noyer dans la baignoire! AU SECOURS! À L'AIDE!

La tête de ma mère apparaît dans l'entrebâillement de la porte.

Toute maquillée, toute pomponnée, elle me demande avec sa voix profonde :

—Qu'est-ce que tu as, Noémie? Ça ne va pas?

—Je… euh… oui, ça va très bien… c'est juste que…

—Que quoi?

—Rien, rien… Tu ne pourrais pas comprendre.

Ma mère repart vers la cuisine. Bon, si mon père refuse de venir se placer devant le miroir, alors c'est le miroir qui va se déplacer jusqu'à lui. Je m'empare d'un petit miroir portatif et, en le cachant derrière mon dos, je vais rejoindre mes parents à la cuisine. Mon papa, qui dépose des tranches de pain sur le comptoir, me demande :

— Et puis Noémie, à part le savon, la brosse à dents, la débarbouillette et la noyade, comment ça va ce matin?

Je ne réponds pas. Je me verse un grand bol de céréales et je fais semblant de commencer à manger. Juste au moment où je veux le regarder dans le petit miroir, mon père se retourne brusquement pour me demander :

— Mayonnaise ou moutarde dans ton sandwich au jambon?

Je suis tellement surprise que je cache aussitôt le petit miroir et, en pensant aux vampires, je réponds :

— Du ketchup!

— Tu veux du ketchup dans ton sandwich au jambon?

— Je… euh… non! De la moutarde!

Et là, mon père prononce cette phrase ahurissante :

— Du ketchup, c'est avec ça qu'ils font du sang dans les films !

Mine de rien, je demande :

— Dans quel genre de films ?

— Dans les films de cow-boys, les films d'aventures, et surtout dans les films de vampires !

C'est absolument incroyable ! Il a dit «vampire» en faisant semblant de rien. Pendant qu'il a le dos tourné et qu'il s'active de gauche à droite, je reprends le petit miroir. J'essaie de capter le reflet de mon père.

Premièrement, j'ai beaucoup de difficulté à repérer mon père parce qu'il bouge tout le temps. Pendant une seconde ou deux, la panique s'empare de moi. Je me

dis : «Ça y est, mon père est un véritable vampire.»

Deuxièmement, lorsque je le vois enfin, il me semble qu'il est tout pâle et tout embrouillé, comme quelqu'un qui n'est pas encore tout à fait un vampire mais qui est en train de le devenir lentement mais sûrement.

Je n'ai pas le temps de me rendre au troisièmement. Je cache le petit miroir sous mon t-shirt parce que mon père se retourne. Il s'approche pour déposer mon lunch sur la table. Et là, en l'espace d'une fraction de seconde, le monde bascule complètement. Mon sang se refroidit dans mes veines. Il se glace dans mes artères. Il se frigorifie dans mon cœur. Ma peau se couvre de frimas et je deviens paralysée par cette vision d'horreur : mon père se penche! J'aperçois dans son cou deux petites marques rouges! Comme si, pendant la nuit, il avait été mordu par un vampire!!! Je suis tellement surprise que je cligne des yeux pour être bien certaine que je n'hallucine pas!!!

Lorsque j'ouvre les paupières, je vois encore les deux marques. Cette fois, je me pince le bras pour être bien certaine que je ne rêve pas. AOUTCH! Non, je ne rêve pas. Les deux marques rouges existent vraiment. Je me donne un violent coup de pied sur le tibia. AOUTCH! Oui, c'est vrai. Je suis dans la vraie vie, dans la vraie véritable réalité et je vois toujours les deux petites marques rouges.

Mon père est un vampire! Un véritable vampire comme ceux que l'on voit dans les films!

4
Mon père
est un vampire

Cette phrase tourne dans ma tête : «Mon père est un vampire, un véritable vampire.» Je suis dans un tel état de choc que j'ignore si je dois rire ou pleurer, si je dois rester ou me sauver. Les murs de la cuisine tournent sur eux-mêmes. Le plancher s'ouvre sous mes pieds. Je tombe dans un puits noir. Je rebondis sur le centre de la Terre. Je remonte jusque dans la cuisine, mais je ne m'arrête pas là. Je passe au travers du plafond, au travers du logement de grand-maman, au travers du toit. Je monte dans les airs. Je me frappe la tête sur une planète et, tout étourdie, je redescends dans la cuisine, sur ma chaise, face à mon père qui me dévisage et qui me demande le plus naturellement du monde :

—Ça va, Noémie?

Je suis trop figée pour répondre.

—Qu'est-ce qui se passe, Noémie? On dirait que tu as vu un fantôme!

Je ne réponds pas. Mes paupières restent fixées sur les deux petites cicatrices. Il me demande encore :

—Noémie, ça va? Tu es toute pâle!

Impossible de répondre. Mon corps est tendu comme un arc. Ma mère s'approche. Elle me demande à son tour :

—Voyons, Noémie! Qu'est-ce que tu as, ce matin?

Je réussis à balbutier :

—Rien…

Ma mère me caresse les cheveux. Mon père me demande :

—Qu'est-ce que tu caches sous ton t-shirt?

—Rien…

Mais le « rien » en question glisse lentement de mon t-shirt et atterrit sur mes cuisses.

Comme s'il avait peur de se faire démasquer, mon père s'empare aussitôt du petit miroir et il se regarde dedans, mais moi, je ne suis pas dupe. Je sais bien qu'il fait semblant de se regarder. Il se fait un beau sourire. Ses dents sont plus blanches que d'habitude. Oui, oui, je ne rêve pas. Et ses

deux canines sont plus longues
que d'habitude.

Mon père se regarde une dernière fois dans le miroir. Je ne
peux m'empêcher de lui demander :

— Papa, qu'est-ce que tu vois
dans le miroir ?

Il rougit un peu avant de répondre :

—Je vois le plus beau papa du monde!

Pour continuer sa blague qui n'est vraiment pas drôle, il tend le miroir à ma mère. Elle répond en se regardant :

—Ah, tiens, comme c'est curieux... Moi, je vois la plus belle maman du monde!

Ma mère me remet le miroir, je me regarde dedans et je dis :

—Ah, tiens, comme c'est curieux... Moi, je ne vois rien.

Mon père s'empare aussitôt du miroir et, exactement comme quelqu'un qui veut se débarrasser d'une pièce à conviction, il se dirige vers la salle de bains... Il revient les mains vides, l'air satisfait.

Il boutonne le col de sa chemise afin de cacher les deux petites morsures sur son cou. Il consulte sa montre et lance, comme si de rien n'était :

— Bon, j'ai un rendez-vous important ce matin, je dois me dépêcher !

Je ne peux m'empêcher de lui demander :

— Il est où, ton rendez-vous important ? Dans une grotte avec des chauves-souris ? Dans un château hanté ? Dans un donjon ?

— Non, répond-il. J'ai rendez-vous dans un salon funéraire !

Moi, je suis vissée sur ma chaise. Je repose ma question pour être bien certaine :

— Tu t'en vas où, papa ?

— Dans un salon funéraire !

—Pourquoi, tu… tu vas rencontrer des morts?

—Mais non, Noémie. Ces temps-ci, je m'occupe de l'administration d'un salon funéraire… Mais ne t'en fais pas, hi… hi… hi…, je ne parle qu'à des personnes vivantes!

Tout fier de sa blague, il éclate de rire. Puis, comme d'habitude avant de partir, il s'approche de ma mère pour l'embrasser. Si nous étions dans un film, une petite musique douce et langoureuse jouerait de plus en plus fort jusqu'à ce que les deux tourtereaux commencent à s'embrasser. Mais soudainement, lorsque je sens que mon père va prendre ma mère dans ses bras, il me vient une terrible frayeur. J'ai peur que mon papa vampire plante ses

crocs dans le cou de ma maman chérie. Je me lève d'un bond et me faufile entre les deux en disant :

— Vite ! Il faut nous dépêcher. Nous sommes tous les trois débordés, aujourd'hui !

Mes parents, surpris par mon attitude, se donnent quand même un petit bec. SMACK ! Mon père s'approche pour m'embrasser, mais je penche la tête. Surpris par ma réaction, il se relève et me caresse les cheveux :

— Bonne journée, ma belle !

Ma mère me regarde et pouffe de rire :

— Noémie, tu devrais te regarder dans le miroir ! On dirait que tu viens de voir un fantôme !

— Ho ! Ho ! Ho ! On dirait même que tu as vu un vampire, ajoute mon père.

Je reste figée pendant que mes parents se moquent de moi. Hi! Hi! Hi! et Ho! Ho! Ho!

Après avoir bien rigolé, mon père quitte la cuisine, puis il revient en attachant sa cravate pour être bien certain de nous cacher son état. Il repart vers la chambre et revient avec un foulard autour du cou :

— Bonne journée, mes chéries! À ce soir!

Je ne peux m'empêcher de lui demander :

— Papa, pourquoi portes-tu un foulard, en pleine canicule?

5
Un vampire
chez grand-maman?

Mon père s'éloigne comme quelqu'un qui refuse de répondre à une question embêtante. Alors, je redemande :

— Papa, pourquoi portes-tu un foulard? Il fait super chaud, dehors.

Mon père se retourne, me fixe droit dans les yeux et répond le plus simplement du monde, comme si sa réponse était toute prête :

— Je porte un foulard parce que mon automobile est climatisée, mon bureau est climatisé et le salon funéraire où je vais travailler est climatisé lui aussi. Je ne veux pas avoir froid au cou, je ne veux pas avoir de torticolis ou une extinction de voix!

Je voudrais bien lui répondre quelque chose du genre : «Bonne journée, espèce de vampire! Essaie de ne pas mordre quelqu'un, aujourd'hui! Fais attention aux morts-vivants.» Mais je ne dis rien. Les mots restent prisonniers dans le fond de ma gorge.

Mon père avance dans le corridor. Juste avant de quitter la maison, il se retourne pour nous dire le plus naturellement du monde :

— Ah! J'ai oublié de vous dire : cet après-midi, je vais donner du sang à la Croix-Rouge!

En entendant ces mots, je reste plantée dans la cuisine et je ne bouge plus. Des petits oiseaux noirs tournent dans ma tête. Mes idées s'embrouillent… Une fois que mon père a quitté la maison, je demande à maman :

— Tu ne trouves pas que papa est bizarre, ce matin ?

Elle me répond de sa grosse voix :

— Non, c'est toi qui es bizarre, ce matin !

Ma mère consulte sa montre, puis elle écarquille les yeux, ouvre la bouche et fronce les sourcils, ce qui veut dire : vite ! Dépêchons-nous ! Je suis en retard !

Je complète la phrase qu'elle me répète régulièrement, le matin :

— Et ce soir, j'ai une réunion. Je rentrerai tard…

YOUPPI! Ça veut dire que ce soir, je vais me faire garder par ma belle grand-maman Lumbago d'amour. En vitesse, je lance mon lunch dans mon sac à dos. Deux secondes plus tard, maman et moi, nous nous retrouvons sur le trottoir. Elle me demande :

— Veux-tu que je te reconduise à l'école?

— Non merci, j'ai tout mon temps… Je vais y aller à pied, comme d'habitude!

Ma mère m'embrasse en me disant «Je t'aime» avec sa grosse voix. Je l'embrasse à mon tour en lui disant «Je t'aime». Elle me souhaite une bonne journée. Je fais la même chose. Elle s'engouffre dans son automobile, m'envoie la main, accélère et disparaît au coin de la rue. À mon tour, je consulte ma montre. Il me reste plusieurs minutes avant le début des cours. En courant, j'emprunte l'escalier qui mène chez grand-maman Lumbago. Je gravis les marches en vitesse, je saute sur le balcon, j'ouvre la porte avec ma clé, puis je me lance dans la cuisine en disant :

— Bonjour, ma belle grand-maman d'amour en chocolat fondant!

Aucune réponse! Tout est silencieux…

— Euh, grand-maman, êtes-vous là?

Personne…

Dans la maison, rien ne bouge, rien ne craque, rien ne siffle, rien ne miaule. Comme c'est étrange. À cette heure-ci, grand-maman est habituellement dans sa cuisine.

Mais là, on dirait que le temps s'est arrêté. Les rideaux sont fermés. L'appartement baigne dans la pénombre.

Je me rends à la cuisine. La cage du petit serin est encore recouverte d'un drap. Dans un coin, le chat dort en boule sur un vieux chandail de laine. C'est comme si je voyais cette cuisine pour la première fois. Le comptoir, le réfrigérateur, la porte de la grande armoire ressemblent à quelque chose de connu et de mystérieux à la fois. Je n'entends que les battements de mon cœur et le souffle de ma respiration. C'est tout juste si je n'entends pas mes cheveux pousser.

Et soudain, je sursaute. Un cri provient de la chambre de grand-maman, suivi par un bruit semblable à un grognement de bête! Un vampire est en train de mordre ma belle grand-maman d'amour en chocolat!!!!!!!!

6
Ron... Ron... Ron...

En entendant l'horrible bruit jaillir de la chambre de grand-maman, je repense à toutes les histoires de vampires, à toutes les histoires de loups-garous et je pense même au Petit Chaperon Rouge. Propulsée par un état d'urgence foudroyant, je m'empare de la première chose qui me tombe sous la main, la théière de grand-maman... Armée de cet objet en métal, je me lance dans le corridor, j'ouvre la porte de la chambre pour assommer le vampire, mais je m'arrête net au pied du lit. Ma grand-mère, toute seule dans son lit, toute seule dans sa chambre, dort à poings fermés. Elle ronfle à tue-tête! RON... RON... RON... et RON... RON... RON... Elle ronfle tellement fort que les pattes de son lit vibrent sur le plancher. Elle ronfle tellement fort que j'ai peur que les cadres ne se décrochent des murs. Elle ronfle tellement fort que bientôt, le papier peint va se décoller, le tapis va s'enrouler sur lui-même, la maison va éclater en morceaux.

—RON... RON... RON... et RON... RON... RON...

Je dépose la théière sur la table de chevet, puis, les deux mains sur mes oreilles, je m'approche du lit. Incroyable! Ma belle grand-maman dort avec un foulard rouge enroulé autour du cou. J'essaie de réfléchir. Comme je suis très intelligente et comme je connais bien la psychologie de ma grand-mère, je me dis : si grand-maman dort encore à cette heure-ci, c'est probablement parce qu'elle s'est couchée très tard hier soir… Si elle porte un foulard pour dormir, c'est probablement parce qu'elle a peur de se faire mordre dans le cou… Donc, hier soir, grand-maman a écouté un film de vampire…

—RON… RON… RON… et RON… RON… RON…

Pour vérifier si mon intuition est bonne, je me précipite dans le salon. Je m'empare de la télécommande. CLIC! J'allume la télévision et je tombe sur un dessin animé qui présente un drôle de petit Dracula. Il est vêtu d'une grande cape noire. Il court partout et, oh! comme c'est étrange… Il ressemble un peu à mon père. Ils ont tous les deux le même genre de nez, le même petit sourire en coin et la même figure blanche.

—RON… RON… RON… et RON… RON… RON…

Mais je ne suis pas ici pour regarder la télévision. CLIC! J'appuie sur le bouton qui ouvre le système vidéo… En frémissant de la tête aux pieds, je vois apparaître sur l'écran, mais en noir et blanc, un véritable vampire. Il court derrière une jeune fille qui ne veut absolument pas se faire rattraper. Gloups! J'avale ma salive… Je réfléchis seulement une demi-seconde et trois quarts pour comprendre que mon intuition était bonne : grand-maman, hier soir, a regardé ce film de vampire… Elle a eu tellement peur qu'elle a éteint la télévision sur cette séquence et puis elle est allée se coucher, mais comme elle avait très peur, elle a fait de l'insomnie toute la nuit. C'est la raison pour laquelle elle dort encore.

—RON… RON… RON… et RON… RON… RON…

CLIC! J'éteins la télévision. J'en ai assez des vampires pour aujourd'hui. En écoutant grand-maman ronfler comme un gros camion, je remarque une revue qui traîne sur le canapé du salon. Je tourne distraitement les pages. Je vois une annonce de maquillage, une annonce d'automobile, une annonce de teinture pour les cheveux gris et puis soudainement, j'aperçois un article intitulé : «Les vampires sont parmi nous!»

GLOUPS et REGLOUPS!

—RON… RON… RON… et RON… RON… RON…

Je commence à lire l'article dont les photographies sont très impressionnantes. On y voit de grands acteurs qui ont joué le rôle de Dracula au cinéma. Sur les pages suivantes, on nous montre des images de châteaux hantés. Un peu plus loin, je ne peux m'empêcher de lire l'article concernant l'histoire des vampires. On y parle des nouveaux vampires à la mode lors des bals costumés, et tout à coup, ma grand-maman cesse de ronfler. Un grand silence envahit l'appartement. J'ai l'impression d'avoir les deux oreilles bouchées. Ça, c'est incroyable! Mais je fais claquer mes doigts et j'entends les clac, clac… Je gratte le tissu du canapé et j'entends très bien les crounch, crounch… Fiou! Je ne suis pas devenue sourde!

Je reste là, toute seule dans la pénombre du salon et je commence à avoir peur, mais je ne sais pas de quoi. Il ne se passe tellement rien que je crains le pire. Je ferme la revue remplie de vampires et je la lance vers ma droite. La revue atterrit sur un des bras du canapé et, en glissant, s'ouvre sur une page au hasard. Un vampire, en gros plan, me fixe de loin. J'en ai des frissons dans le dos. Je donne un coup de pied sur la revue, qui virevolte dans les airs, s'écrase contre le mur et retombe, ouverte, en montrant d'autres images de vampires. Alors, n'en pouvant

plus, je lance un gros coussin sur la revue.

Et là, en pensant au foulard de grand-maman, il me vient une terrible angoisse. J'espère… j'espère qu'elle n'a pas été mordue par un…

Je décide d'en avoir le cœur net. J'entre dans sa chambre, je m'approche du lit et lentement, très lentement, avec mille précautions, j'essaie de tirer sur le foulard pour vérifier le cou de grand-maman… Mais j'ai à peine glissé un doigt sous le tissu rouge que l'univers bascule. D'un coup sec, grand-maman se redresse dans son lit et se met à crier comme une désespérée :

—A R R R R R G G G G G G - G H H H H ! ! !

Je fige sur place.

Les yeux fermés, grand-maman empoigne ses couvertures, en fait une grosse boule et la serre contre son cœur en hurlant :

— AU SECOURS ! À MOI ! AU VAMPIRE !

Les cheveux complètement défrisés par la peur, je m'empare de la théière en métal, la soulève et me retourne, mais… mais il n'y a personne dans la chambre. Après quelques secondes d'effroi, je réussis à balbutier :

— Grand-maman… Grand-maman, il n'y a pas de vampire ! C'est moi ! Noémie.

Ensuite, il se produit un étrange phénomène. Grand-maman me tapote le dessus de la tête. Ploc… Ploc… Ploc… À moitié endormie, à moitié somnambule, elle me tâte les oreilles, me caresse le visage,

puis, comme si je n'existais pas, elle se recouche, replace les couvertures sur elle, et se recroqueville en murmurant une phrase absolument incompréhensible :

— Les vampires… rapporter le film… Il faut courir… se sauver… moi… des vampires… dans la maison…

Elle termine sa phrase par un petit ronflement et puis c'est tout. Il ne se passe plus rien. Elle dort comme un bébé.

Je redépose la théière. Je regarde dormir grand-maman pendant quelques secondes, et puis soudain, je fixe le réveil sur la table de chevet. OUPS! Il me reste exactement une minute pour me rendre à l'école!

7
Des lumières dans ma tête

En quadruple vitesse, je quitte l'appartement de ma grand-mère. Je dévale l'escalier et je me précipite vers l'école. Je cours tellement vite qu'aucune chauve-souris ne pourrait me suivre, aucun vampire ne pourrait me mordre. J'arrive juste au moment où la cloche résonne dans la cour de récréation. Les poumons en feu, je me glisse dans la rangée des élèves placés devant mon professeur, madame Lapointe…
En silence, nous montons dans la classe, nous ouvrons nos cahiers et nous écoutons madame

Lapointe nous parler de toutes sortes de choses très intéressantes. Mais je ne saurais dire de quel sujet il est question. Ses mots entrent par une oreille et ressortent par l'autre. Ce n'est pas de ma faute… Je ne fais que penser à mon papa Dracula. Je songe à tous les petits becs qu'il m'a donnés dans le cou… J'en ai la chair de poule…

Pendant que le professeur parle et parle et parle, moi, je gribouille dans la marge de mon cahier. En faisant ces petits dessins, je continue de penser à mon père. Et là, tout à coup, on dirait que des millions de lumières s'illuminent dans ma tête. Tout s'éclaire. Je commence à comprendre certains phénomènes : mon père est toujours fatigué le matin. Pourquoi? Parce que les vampires vivent la nuit, donc, le matin, ils sont très fatigués. Et, comme par hasard, quel est le film préféré de mon père? *Batman*, l'homme chauve-souris… En plus, mon père porte souvent des vêtements noirs, des habits noirs, des manteaux noirs. Il travaille tellement (dit-il) qu'il a le teint tout pâle, comme celui des vampires. À l'Halloween, quel est son déguisement habituel? Un déguisement de vampire, bien sûr… Et, la dernière fois que nous sommes allés au parc d'attractions, quelle était son activité favorite? Visiter et revisiter la maison hantée!

Tout concorde!

De plus, ces temps-ci, il fait de la comptabilité pour un salon funéraire… Il donne du sang à la Croix-Rouge… Et ce matin, il s'est empressé de rapporter le petit miroir dans la salle de bains. Et les deux petites morsures, je les ai bien vues de mes yeux vues! Ce n'est quand même pas mon imagination qui déraille, c'est la vérité pure et simple. Comme le répètent souvent les détectives, «les faits sont les faits», et là, les faits ne mentent pas.

Je n'en reviens pas.

Pendant que le professeur parle et parle et parle, moi, je réfléchis encore et encore. Quelle est la boisson préférée de mon père? Du jus de canneberge, ou du vin rouge... Et puis j'y pense, un soir que nous marchions dans le parc, mon père était la seule personne à ne pas avoir peur des chauves-souris. Il les trouvait mignonnes. Ce même soir, il nous a expliqué à maman et à moi la façon dont vivent les chauves-souris vampires! Il semblait tout savoir, tout connaître à leur sujet!

Je n'en reviens toujours pas!

Pendant que je réfléchis, une ombre s'approche, se penche vers moi. J'aperçois la figure de madame Lapointe tout près de la mienne. En continuant de dire des choses très intéressantes, elle examine les marges de mon cahier, qui sont remplies de petits dessins représentant des chauves-souris, des Draculas avec de grandes dents, des châteaux hantés, des pierres tombales et de plein d'autres gribouillis.

Toujours en parlant, madame Lapointe s'empare de mon cahier. Elle tourne les pages en écarquillant les yeux. Moi, je reste figée sur ma chaise. Je me rends compte d'une chose incroyable : madame Lapointe porte un chandail avec un col roulé. Et dans les circonstances actuelles, il est très grave de porter un col roulé. Pourquoi? Parce que si l'on est un vampire

et que l'on porte des marques de morsure au cou, eh bien, les cicatrices seront cachées par le col roulé. Voilà !

Je n'en peux plus !

Je n'ose même pas imaginer ce que je suis en train d'imaginer... Mais je ne peux imaginer autre chose que des vampires tout partout.

Et ce n'est pas tout. Pendant que madame Lapointe papote en feuilletant mon cahier, je jette un œil autour de moi et je me rends compte que plusieurs élèves de ma classe, malgré la chaleur ambiante, portent quelque chose qui recouvre leur cou. Certains garçons ont boutonné le col de leur chemise, certaines filles arborent des colliers, d'autres des foulards, d'autres portent des cols roulés.

Impossible de vérifier le cou de chacune des personnes qui m'entourent… À moins que…

8
Des vampires à l'école

DRING! La cloche sonne pour annoncer l'heure du dîner. Tous les élèves se précipitent vers la sortie. Moi, je me dirige vers madame Lapointe, qui me fait signe d'approcher. Gloups!

Lorsque nous sommes toutes les deux seules dans la classe, elle me demande en jetant un coup d'œil sur mon cahier :

— Comment ça va, Noémie?

— Très bien… madame Lapointe…

— As-tu des problèmes, ces temps-ci?

—Pas du tout, madame La-
pointe…

Je ne suis quand même pas
pour lui dire, comme ça, tout bon-
nement, que je viens de découvrir
que mon père est un vampire…
Je ne vais quand même pas lui
demander de descendre son col
roulé afin que je puisse vérifier
l'état de son cou… Ça ne se
demande pas, une chose pareille.
Par contre, il me vient une bonne
idée. Je dis :

—J'ai juste un peu mal à la
gorge!

—Où ça? me demande-t-elle
en me palpant le dessous du
menton.

Alors, je réponds :

—J'ai mal plus haut, plus bas,
non, plus à gauche, non, plus
à droite!

Finalement, j'avance ma main et en glissant mes doigts sous son col roulé, je dis :

—Ici, j'ai mal… juste ici.

En une fraction de seconde, sans même qu'elle s'en rende compte, j'inspecte le cou de madame Lapointe. FIOU! Il est blanc comme neige. Aucune trace de morsure, aucune cicatrice, rien, de rien, de rien. Je suis soulagée. Elle n'est pas une vampire comme mon père.

Je regarde mon professeur et je lui dis :

—Ah, c'est curieux, je n'ai plus mal à la gorge!

Elle me tend mon cahier :

—Je préférerais que tu ne dessines plus dans les marges!

—D'accord, madame!

* * *

Je mange mon lunch en vitesse, puis, subtilement, je me promène d'une table à l'autre en inspectant chaque personne qui porte quelque chose autour de son cou. Je m'approche de Magalie, je la complimente au sujet de son joli collier. Pleine d'admiration, je le soulève pour le regarder et j'en profite pour examiner son cou. Ensuite je vais voir toutes mes autres amies et aussi toutes les filles que je ne connais pas vraiment. Chaque fois, je m'approche en m'exclamant :

— Oh, comme tu as un beau foulard ! Oh, comme tu as un beau collier !

Et puis, j'emploie la même tactique avec les garçons :

—Oh, comme tu as un beau col roulé! Oh, comme tu as une belle chemise!

Après avoir fait ma tournée, je me sens très soulagée. Il n'y a aucun vampire dans la cafétéria. FIOU! Tout heureuse, je me rends dans le petit local qui nous sert de bibliothèque et je cherche des bouquins qui traitent des Draculas. Il y en a seulement trois. Je m'installe à une table. Je consulte mes livres. J'y vois toutes sortes de monstres faire toutes sortes de choses à toutes sortes de victimes. Je comprends finalement que je n'ai rien à craindre, car les vampires ne s'attaquent jamais aux enfants.

Ça, c'est une très bonne nouvelle… pour moi!

Mais j'apprends qu'ils s'attaquent seulement aux dames. OUPS! Ça, c'est une mauvaise nouvelle pour ma mère et ma grand-mère… Puis, j'apprends que les apprentis vampires se transforment en vrais vampires seulement les soirs de pleine lune. Ça, j'ignore si c'est une bonne ou une mauvaise nouvelle! Je me précipite vers la bibliothécaire pour lui demander :

— Pouvez-vous me dire ce sera quand, la prochaine pleine lune?

Sans aucune hésitation, la bibliothécaire me répond :

— Ce soir! Ce soir, ce sera la pleine lune!

— QUOI? CE SOIR?

— Oui… Oui…

GLOUPS! En une fraction de seconde, j'imagine tout ce qui

pourrait arriver ce soir… Devant mon air ahuri, la bibliothécaire me demande si je vais bien. Je ne réponds pas parce que je suis en train de réfléchir plus rapidement qu'un ordinateur. Je demande :

— Est-ce qu'il y a un moyen efficace pour arrêter la croissance de la lune?

— Je… je ne crois pas, répond la bibliothécaire en fronçant les sourcils. Pour cela, il faudrait arrêter la course des planètes…

— Et comment peut-on arrêter la course des planètes?

— C'est impossible à faire. Pour cela, il faudrait arrêter le mouvement des galaxies.

— Et comment peut-on arrêter le mouvement des galaxies?

— Mais tout cela est impossible, répond la bibliothécaire en regardant le plafond.

Lorsque la cloche annonce la reprise des cours, j'abandonne mes trois livres de vampires et je reviens dans ma classe. Pendant tout l'après-midi, je ne pense qu'à une seule chose : ce soir, ce sera la pleine lune. Comme je ne peux pas enrayer la course des planètes, je dois absolument trouver le moyen de protéger ma mère et ma grand-mère. Je pourrais poser un écriteau devant la maison, un écriteau sur lequel on lirait : AT-TENTION, MON PÈRE MORD ! Mais, si je fais ça, tout le monde dans le quartier va se moquer de nous.

Je pourrais enfermer mon père dans la salle de bains… Mais il finirait par défoncer la porte.

Je pourrais ligoter mon père avec une grosse corde… Mais je n'ai pas de grosse corde.

Je pourrais m'arranger pour que mon père parte en voyage, aujourd'hui même… Mais cette solution serait très difficile à organiser.

Je pourrais demander à des extraterrestres d'enlever mon papa… Mais je ne connais aucun extraterrestre…

Je suis extrêmement déçue ! Je réfléchis, je réfléchis, et je réfléchis encore. Tout à coup, BING ! il me vient une bonne idée…

9
Les grandes questions

Après l'école, je retourne à la maison en courant si vite que personne n'est capable de me suivre. Mélinda abandonne la course au premier coin de rue. Je distance Julie au deuxième coin de rue et le grand Norbert s'essouffle au troisième. Le cœur battant, je monte chez grand-maman, m'engouffre dans son appartement et l'aperçois sur le canapé, bien installée avec un roman. Grand-maman sursaute en me voyant. Je sursaute, à mon tour, en voyant la couverture du livre :

—Grand-maman, vous lisez un roman de… de vampires?

—Oui… Y a-t-il un problème?

—Euh, oui… Euh, non… Euh, qu'est-ce qui vous prend, ces temps-ci?

—Mon Dieu Seigneur, que veux-tu dire par là, Noémie?

—Vous louez des films de vampires. Vous achetez des revues dans lesquelles on parle de vampires. Vous lisez des romans de vampires et vous dormez avec un foulard enroulé autour du cou!

—Ah! Et comment sais-tu ça, toi?

—Bien… Je… Euh, ce matin, avant de partir pour l'école, je suis montée ici pour venir vous dire bonjour, et vous dormiez et… et…

— Et tu as fouillé un peu partout?

— Euh, oui…

— Et peux-tu m'expliquer, ma chère petite Noémie d'amour, pour quelle raison tu as apporté la théière sur ma table de chevet?

— Euh, c'est facile à expliquer et facile à comprendre… Je voulais me servir de la théière pour assommer le vampire… le vampire dont je pensais qu'il vous attaquait parce que vous ronfliez fort…

— Mon Dieu Seigneur, Noémie, je ne comprends rien à ton charabia!

— Ce n'est pas grave, moi, je me comprends! Mais vous, vous n'avez pas répondu à ma question.

— Quelle question?

—Pourquoi, ces temps-ci, louez-vous des films de vampires, lisez-vous des revues et des romans de vampires?

—Je ne sais pas…

—Vous ne savez pas?

—Mais non, je ne sais pas… C'est comme ça… Parfois, dans la vie, on s'intéresse à une chose, et puis ensuite on s'intéresse à autre chose…

—Et là, pourquoi les vampires vous intéressent-ils?

—Mon Dieu Seigneur, par hasard, j'ai lu un article concernant les vampires et puis, en lisant, j'ai eu un petit frisson…

—Un petit frisson de quoi?

—Un petit frisson de peur et de plaisir!

—Je ne comprends pas.

—C'est le plaisir d'avoir peur alors qu'il n'y a rien de réellement dangereux…

Hum… un peu douteux comme explication… Alors, comme je ne suis pas naïve, je m'approche de ma grand-mère et je fais sem- blant de l'embrasser. J'en profite pour vérifier son cou. Il y a beau- coup de plis, mais il n'y a aucune cicatrice. Pour être bien certaine qu'elle n'est pas devenue une vampire depuis ce matin, je vais chercher un petit miroir portatif. Je vois parfaitement le reflet de ma grand-mère dans la glace. Excellent! Tout va bien de ce côté! Je me détends un peu.

—Bon, grand-maman, puis-je vous poser quelques questions en rafale comme dans les émissions de télévision?

— Mon Dieu Seigneur... oui, si tu veux...

— Bon, grand-maman, pensez-vous qu'il soit possible qu'une personne que je connais très, très bien et que vous connaissez très, très bien pourrait, un jour ou l'autre, devenir un vampire sans aucun avertissement de sa part?

Surprise, grand-maman réfléchit, puis elle dit :

— Mon Dieu Seigneur, Noémie, je n'ai rien compris... Pourrais-tu répéter ta question...?

Pour qu'elle comprenne bien, je simplifie :

— Croyez-vous aux vampires?

— À la télévision? Dans les films? Dans des revues? Dans les romans?

—Non, grand-maman… Je veux dire dans la vraie vie… Croyez-vous aux vampires dans la vraie vie?

—Mon Dieu Seigneur, NON! Ce serait trop horrible!

—Et que feriez-vous à ma pla… Euh, que feriez-vous si vous appreniez qu'un véritable vampire habitait chez vous?

Troublée par ma question, ma grand-mère ouvre les bras. Elle m'embrasse en disant :

—Mais voyons donc, Noémie! Ce sont des légendes, tout ça!

—En êtes-vous certaine?

—Euh… À vrai dire, je ne sais pas… Je n'en ai aucune idée!

Grand-maman cesse tout à coup de parler. Elle me regarde

avec étonnement, puis elle me demande :

— Mais pourquoi me poses-tu toutes ces questions?

— Pour rien… Pour rien… Je voulais juste connaître votre opinion…

— Noémie, je te connais! Tu me caches quelque chose!

En rougissant, je réponds :

— Mais non, mais non…

— Noémie…

Avant qu'elle ne me pose d'autres questions embarrassantes, j'embrasse grand-maman. Puis, j'ouvre la porte en disant :

— Bon, excusez-moi, j'ai des choses à faire, chez moi, en bas!

Mais, juste avant de refermer la porte, il me vient une grosse angoisse en pensant à la pleine lune. Je me retourne pour demander :

—Grand-maman, ce soir, est-ce que je peux souper ici?

—Oui, avec plaisir!

—Est-ce que je peux passer la soirée ici, avec vous?

—Oui, avec plaisir!

—Est-ce que ce soir, je peux coucher ici?

—Euh, oui…

—Est-ce que ma mère pourrait coucher ici, avec nous?

Grand-maman me demande :

—Bon, Noémie, qu'est-ce qui ne va pas?

—Si je vous dis la vérité, juste la vérité, toute la vérité, jurez-moi que vous n'allez pas vous énerver! Jurez-moi que vous n'allez pas courir dans l'appartement en levant les bras au ciel et en criant «Mon Dieu Seigneur, de mon Dieu Seigneur, de mon Dieu Seigneur!»

Grand-maman me dévisage, étonnée :

—Est-ce si grave?

—Encore plus que ça!

—Mais de quoi s'agit-il?

—Je vais vous le dire, mais vous devez me jurer que vous ne paniquerez pas en m'écoutant.

Grand-maman répète :

—Je le jure… Je le jure… Je ne paniquerai pas en t'écoutant.

—Alors, voilà, grand-maman, assoyez-vous sur votre chaise préférée pour ne pas tomber par terre en apprenant la mauvaise nouvelle!

Grand-maman s'installe sur sa chaise berçante, mais elle ne

se berce pas. Elle me fixe en silence.

—Bon, alors, voici : mon père… mon père…

—Mon Dieu Seigneur, Noémie, qu'est-ce qu'il a, ton père?

—Eh bien, voilà… mon père… mon père est… mon père est un… mon père est un vampire!

Grand-maman me fixe, mais il n'y a aucune expression dans ses yeux. Je n'arrive pas à deviner ce qu'elle pense. Pendant plusieurs secondes, nous nous dévisageons toutes les deux, puis tout à coup, elle éclate de rire.

—AH! AH! AH! Elle est bien bonne, celle-là!

—Grand-maman, ce n'est pas une blague! Mon père est

vraiment un vampire. J'en ai la preuve exacte!

—AH! AH! AH! Arrête, Noémie… Si tu continues, je vais bientôt avoir le hoquet, ou des crampes à l'estomac, ou les deux en même temps!

—Grand-maman, je vous jure que je dis la vérité!

Alors, pendant qu'elle rigole, moi, je lui raconte mes rêves prémonitoires de vampires et je lui parle de tous les indices, et surtout, surtout, je lui parle des deux petites cicatrices…

— Mon Dieu Seigneur, tout cela ne prouve rien. On peut donner mille interprétations aux rêves. Et puis, ton père a peut-être été piqué par deux maringouins, ou deux araignées, ou deux punaises de lit… Il a peut-être reçu deux petites gouttes de peinture rouge… je ne sais pas, moi. Il s'est peut-être gratté le cou et il en est resté deux cicatrices…

Pendant que grand-maman essaie de trouver d'autres raisons, moi, je tourne les talons pour m'éloigner.

—Mon Dieu Seigneur, Noémie, où vas-tu? Tu es donc bien pressée!

—Oui, je suis pressée...

—Pressée par quoi? Es-tu poursuivie par un vampire?

—Très drôle... Très, très drôle... Je suis pressée parce que je dois descendre chez moi pour fouin... pour faire le ménage de ma chambre!

Avant que grand-maman me demande «Toi, tu vas faire le ménage de ta chambre?», je quitte le logement en disant :

—À tout à l'heure!

—À tout à l'heure...

Je descends le grand escalier qui mène dans la cour et je rentre chez moi. Hé, hé, hé! Excellent! Je suis toute seule dans la maison!

Je me dirige tout droit vers la chambre de mes parents. Je suis certaine qu'en fouillant dans les affaires de mon père, je vais trouver d'autres preuves, d'autres indices qu'il est bel et bien un vampire.

10
Les gouttes de sang

Je commence par fouiller dans les tiroirs de la commode de mon père. Mais je ne trouve que des chaussettes, des bobettes, des chemisettes vertes, des boutons de manchette, des pochettes d'allumettes et même des débarbouillettes.

Je suis un peu découragée.

Je fouille dans la garde-robe où je ne trouve que des pantalons, des vestons, des blousons… et plein d'autres choses qui ne se terminent pas en «on».

Je suis un peu plus que découragée.

Je fouille dans quelques boîtes et quelques valises, et je n'y trouve rien d'intéressant.

Je suis beaucoup plus que découragée!

Et tout à coup, c'est la catastrophe! Pendant que je fouine dans une grosse malle, CLAC! le couvercle se referme. AOUTCH! Je retire mon doigt d'un coup sec et je me coupe.

Je mets mon doigt dans ma bouche pour ne pas que les gouttelettes de sang tombent sur le plancher de la garde-robe. Puis, prise de panique, je me précipite dans le corridor. Mais là, je suis tellement énervée que mon pied gauche se coince sous le tapis. Je perds l'équilibre. Je tombe par en avant et PAF! je me cogne le nez sur le plancher. AOUTCH!

En tenant mon doigt qui saigne, je me lance dans la salle de bains. J'ouvre le robinet. Je fais couler de l'eau froide sur mon doigt. Et là, comble d'horreur, je vois d'autres gouttelettes rouges tomber dans le fond du lavabo. Je me regarde dans la glace. AH NON! Mes narines saignent du nez! À moi!

Au secours! J'ai peur de mourir! Je suis désespérée! Et tout à coup, comme si je n'avais pas eu assez de problèmes aujourd'hui, il se produit un autre événement qui manque de me faire perdre connaissance. Une clé tourne dans une serrure. La porte d'entrée s'ouvre puis se referme en grinçant. Je ne rêve pas. Des bruits proviennent du vestibule. J'entends la voix de mon père demander :

— YOU HOU, il y a quelqu'un?

Mon père, qu'est-ce qu'il fait ici, à cette heure? Et, en tant que vampire professionnel, comment va-t-il réagir lorsqu'il verra la condition dans laquelle je me trouve?

En panique, je ferme la porte de la salle de bains. Je la verrouille à quadruple tour. Mon cœur bat à tout rompre. Il cogne jusque dans ma tête.

Les pas de mon père se rapprochent dans le corridor… Sa voix demande :

—Noémie, c'est toi?

Penchée au-dessus du lavabo, je réponds :

—Oui… papa…

—Ça va?

—Oui… papa…

—Tu n'es pas en haut, avec grand-maman?

—Oui… papa… Je suis en haut…

—Je ne comprends rien. Comment peux-tu être en haut et en bas en même temps?

—Moi, je suis en haut, mais c'est mon fantôme qui est en bas!

—Je comprends de moins en moins!

—Euh… c'est une blague! Je suis descendue en vitesse et je remonte bientôt!

—Ah! Et… et les taches rouges sur le plancher?

—Quelles taches rouges sur le plancher?

De l'autre côté de la porte de la salle de bains, j'entends mon père qui s'éloigne et qui revient aussitôt en demandant :

—Et pourquoi la grosse malle est-elle déplacée dans ma garde-robe?

Ça y est, je suis coincée comme je ne l'ai jamais été de toute ma vie. Je ne sais plus quoi dire, quoi faire. En cherchant une réponse intelligente, je regarde mon nez dans la glace. Fiou, il ne saigne plus… Mon père me demande de l'autre côté de la porte :

— Alors, Noémie?

Je réponds, sur le ton le plus détaché possible :

— Euh… j'ai fouillé dans ta malle parce que je cherchais quelque chose pour me faire un déguisement… pour une fête… à l'école, et… et les gouttelettes rouges, c'est de la gouache…

Puis, pour faire diversion, je demande :

— Et toi, as-tu donné tout ton sang à la Croix-Rouge?

— Franchement, Noémie… On ne donne pas tout son sang, seulement une petite quantité! Sais-tu ce qu'ils m'ont dit?

— Euh… non…

—Ils ont dit que j'étais plein de bon sang. Ha! Ha! Ha!

Moi, je ne réponds rien. Mon père ajoute :

—Bon! Je suis un peu fatigué. Je vais faire une petite sieste.

—Parfait! Euh… repose-toi bien, papa. Moi, je vais souper en haut, chez grand-maman!

—Oh! Bonne idée! Je fais ma sieste et ensuite, je vous rejoins en haut!

Alors là, je suis encore plus coincée que coincée. J'essaie de trouver un argument pour l'empêcher de monter :

—Impossible, tu ne peux pas nous accompagner! Grand-maman et moi, nous avons des secrets à nous dire!

—AH! Ça tombe bien! Moi aussi j'ai des secrets à vous dévoiler!

Des secrets? Mon père a des secrets à nous dévoiler? En faisant mine de rien, je dis :

—Je les connais, tes secrets. Ce n'est pas nécessaire que tu nous en parles…

—Tu connais mes secrets?

—Ouuuiii, Monsieur!

—Alors, je t'écoute…

On dirait que mon père fait exprès! Lorsque j'ai besoin de lui, il est toujours absent et lorsque je voudrais qu'il disparaisse, il devient comme un vrai pot de colle. Pour m'en débarrasser, je commence par dire :

—Premier secret : tu n'aimes pas vraiment le potage aux légumes que maman nous sert

au moins une fois par semaine…
Deuxième secret : tu détestes
tes pantalons gris avec des petites lignes noires et blanches
parce qu'ils te rappellent des
pantalons que tu portais lorsque
tu étais tout petit…

Mon père ne dit rien de l'autre
côté de la porte. Silence complet.
Puis, il marmonne :

—Toi, tu es vraiment perspi-
cace, Noémie…

Mais je n'ai pas le temps de lui
avouer que je sais qu'il est un
vampire. DRING! DRING! DRING!
La sonnerie du téléphone retentit
dans le salon. Mon père s'éloigne
pour répondre. L'oreille collée
contre la porte, j'essaie d'écouter
ce qu'il murmure… Je ne comprends rien. Mais je suis certaine
qu'il parle à un de ses amis vampires…

11
Sauvez-moi!

J e regarde mon doigt sous l'eau froide du robinet. Il ne saigne plus. Alors, pendant que mon père parle au téléphone, j'en profite pour quitter la salle de bains. En quintuple vitesse, je me précipite dans le corridor. Avec un papier mouchoir, j'essuie les gouttelettes de sang, puis je m'esquive par la porte d'entrée. Je cours jusqu'à l'escalier et je grimpe les marches quatre à quatre. Tout essoufflée, j'entre chez grand-maman et je me précipite dans la cuisine :

—Grand-maman! Grand-maman! Sauvez-moi!

—Mais te sauver de quoi, de qui?

—Sauvez-moi de mon père, le vampire. Il veut venir souper avec nous, ce soir!

—Mon Dieu Seigneur, quelle bonne idée!

—Mais voyons donc, grand-maman, ce n'est pas une bonne idée. C'est un vampire et ce soir, ce sera la pleine lune! Comprenez-vous ce que cela signifie?

Grand-maman me prend dans ses bras. Elle me berce un peu, puis elle me dit :

—Ne t'inquiète surtout pas. J'ai lu assez de livres et de revues sur les vampires pour savoir ce que je dois faire…

—Quoi faire… quoi, et comment, au juste?

—Je vais avoir besoin de ton aide, Noémie! Veux-tu m'aider à cuisiner?

—À cuisiner quoi?

—Toutes sortes de bonnes choses pour éloigner les vampires si notre invité est un vampire et toutes sortes de bonnes choses à manger si l'invité n'est pas un vampire!

—Grand-maman, je ne comprends rien à votre charabia!

—Tu comprendras tout à l'heure. Pour l'instant, appelle ton père pour lui dire que le souper sera prêt à 18 heures précises!

Je m'approche du téléphone. D'une main, je décroche le combiné, mais mon autre main reste suspendue au-dessus de l'appareil.

Mes doigts tremblent. Impossible d'appuyer sur les touches. Grand-maman me demande :

— Alors, Noémie, c'est pour aujourd'hui ou pour demain?

— Euh… c'est pour après-demain…

Grand-maman s'approche. Elle appuie elle-même sur les chiffres. DRING… DRING… DRING… Finalement, c'est le répondeur qui répond. Je raccroche. En regardant les aiguilles de la grande horloge, j'attends une minute, deux minutes, trois minutes, puis, en prenant mon courage à deux mains, je compose de nouveau. Mon père répond :

— Oui! Allô!

— Euh, c'est moi! Grand-maman t'invite à souper… à 18 heures précises!

— Parfait! Je monte à 18 heures précises, répond mon père, tout heureux de l'invitation.

Je raccroche. J'ai des papillons dans l'estomac. Je voudrais me sauver au pôle Nord, ou au pôle Sud, ou n'importe où… En voyant ma figure déconfite, grand-maman dit :

— Noémie, fais-moi confiance. Il n'y a pas de problème. Tout va bien se passer!

— Ouais… ouais…

À 16 heures 20 minutes, grand-maman et moi, nous attachons nos tabliers et nous commençons par faire un potage… un potage qui contient énormément d'ail, parce que les vampires détestent l'ail!

À 16 heures 50 minutes, nous commençons une lasagne. Mais

j'ai beau réfléchir et réfléchir, je ne vois pas le rapport avec les vampires… J'angoisse de plus en plus. Je tremble un peu… À toutes les vingt secondes, grand-maman me répète :

— Noémie, ne t'inquiète pas!

— Oui, mais…

— Noémie, tout va bien se passer!

— Oui, mais…

— Noémie, calme-toi…

J'essaie de me calmer, mais je ne le peux pas. Je pense et repense et re-repense à mon père et je n'en reviens pas. J'ai l'impression de vivre un cauchemar en plein jour, un vrai de vrai cauchemar en dehors de mon lit… en étant complètement éveillée.

À 17 heures 12 minutes, nous déposons la lasagne dans le four, puis à 17 heures 13 minutes, nous préparons un énorme gâteau au chocolat et là, je l'avoue, je comprends de moins en moins…

—Grand-maman, avez-vous mis du poison à vampire dans la lasagne et le gâteau?

—Mais non, Noémie! Mais j'ai mis beaucoup d'amour dans mes recettes!

—Est-ce que ce sont des recettes que les vampires détestent?

—Mais non, Noémie.

—Alors, je ne comprends rien…

—Fais-moi confiance… Hi… Hi… Hi… Je te jure que très bientôt tu en auras le cœur net!

À 17 heures 32 minutes, nous plaçons le gâteau dans le four, près de la lasagne. Un merveilleux parfum envahit la cuisine. En sifflotant, ma grand-mère étend une belle nappe sur la table. En chantonnant une vieille chanson, elle place les assiettes et les ustensiles. Moi, je tremble de plus en plus. Sur l'horloge, la grande aiguille des secondes tourne, tourne, tourne.

Grand-maman allume deux chandelles. Elle les dépose au centre de la table. Ensuite, toujours en chantonnant, CLIC! elle éteint les lumières de la cuisine. Puis, les deux mains sur les joues, elle s'exclame :

—Mon Dieu que c'est beau, que c'est romantique!

Moi, j'ai tellement peur de l'obscurité, peur des ombres, peur de je ne sais même plus quoi, que je me lance sur l'interrupteur. CLIC! J'allume les lumières de la cuisine.

—Mais voyons, Noémie, qu'est-ce qui te prend?

—Rien…

—Noémie!?

—J'ai… J'ai peur de l'obscurité, tout à coup…

—Mais il ne fait même pas noir. Il fait soleil, dehors!

—Oui, mais le soleil commence à descendre… de l'autre côté de la Terre.

Comprenant qu'elle ne réussira jamais à me convaincre d'une façon rationnelle, grand-maman s'assoit sur sa chaise et elle me fait signe de m'approcher. Je me blottis dans ses bras. Je ferme les yeux et je me laisse emporter par le mouvement de la berceuse.

Je me sens bien en sécurité dans les bras de ma belle grand-maman chérie d'amour que j'aime à la folie plus que tout au monde. Mais je sais très bien que le décompte est commencé. Je sais très bien que le temps avance toujours, une seconde, une minute à la fois. Il ne recule jamais comme une automobile ou un camion.

De temps à autre, j'ouvre les yeux pour fixer l'horloge.

Dix-sept heures quarante-cinq…

Dix-sept heures cinquante…

Dix-sept heures cinquante-cinq…

À 18 heures pile, un grand frisson parcourt mon dos. Je redresse la tête. Je deviens aussi tendue que la chose la plus tendue au monde. Grand-maman, surprise par ma réaction, cesse de se bercer. Elle me regarde. Je la regarde. Rien ne bouge dans la maison. Le serin est immobile dans sa cage. Le chat est couché en boule sur une chaise. Moi, les oreilles en alerte, j'écoute, mais je n'entends rien, rien, rien… C'est le calme avant la tempête. Le silence avant le tsunami. La porte d'en avant ne s'ouvre pas. Mon père n'apparaît pas dans le corridor. Il ne vient pas souper!

Il ne viendra pas souper!

Mes idées s'embrouillent. Je pense à mon père qui n'est jamais en retard, qui est aussi ponctuel qu'un train. Mon père est comme moi. Je veux dire qu'il me ressemble même si moi je ne suis pas une vampire, ni une Dracula, ni rien de tout ça… Je veux dire que mon père n'est pas fou. Il est très intelligent. Il a flairé le piège du souper et il préfère s'abstenir, disparaître, se volatiliser.

Donc, il ne viendra pas souper.

FIOU! Je me détends un peu. Grand-maman en profite pour me caresser les cheveux en chantonnant une petite ritournelle. Mes muscles se relâchent. Je m'abandonne. J'oublie tous mes problèmes : les petits, les moyens et les gros… Une grande paix m'envahit. Les bons parfums du potage, de la lasagne et du gâteau au chocolat embaument toute la cuisine. En me laissant bercer, en me faisant caresser les cheveux et en écoutant la voix de grand-maman, j'ai l'impression que je glisse, à la vitesse d'un escargot, sur la pente de la tranquillité.

Mais soudain, une vibration venue du balcon d'en avant me fait sursauter. Grand-maman tressaille elle aussi :

— Quoi ? Noémie ? Qu'est-ce qu'il y a ?

Je n'ai pas le temps de répondre. Mon cœur double, puis triple, puis quadruple, puis quintuple sa vitesse. Mes pupilles se fixent sur les aiguilles de l'horloge. À 18 heures, 12 minutes, 14 secondes et 7 huitièmes, la porte d'en avant s'ouvre d'un coup sec. Mon père s'écrie :

— Allô, c'est moi !

Grand-maman et moi, nous répondons «ALLÔ!», mais nous ne répondons pas sur le même ton. Elle, avec enthousiasme. Moi, avec frayeur… Je veux disparaître derrière la peinture qui recouvre les murs, entre les fentes du plancher, sous la mélamine du comptoir, ou ailleurs dans une autre dimension, n'importe laquelle!

12
L'incroyable souper

Papa arrive dans la cuisine. Il nous regarde. Il nous sourit.

Il me semble aussi pâle qu'un vampire. Ses cheveux sont tirés vers l'arrière… comme ceux d'un vampire. Sa figure est très pâle… comme celle d'un vampire. Il est tout habillé en noir… comme un vampire.

Et… et… et le col de sa chemise est boutonné afin de cacher les marques de morsure… Je ne sais plus quoi dire, quoi faire.

Grand-maman me fait un petit clin d'œil. Pour détendre l'atmosphère, elle dit, la voix faussement enjouée :

— Bon, tout le monde à table!

Et là, elle essaie de se lever, mais moi, je reste cramponnée à son cou. Je ne veux pas la quitter d'un centimètre. Je ne veux pas m'approcher de mon père. Je veux juste… rien… Je veux juste que le temps recule, que la lune décroisse et que mon père redevienne mon père, comme avant.

De peine et de misère, grand-maman finit par se relever. Elle réussit à quitter sa chaise berçante, pendant que moi, je me cramponne à sa taille. Je me cache derrière elle et je glisse ma main dans la sienne. Je fais tout ce que je peux pour m'éloigner de mon papa Dracula. Il penche la tête. Il me fixe en fronçant les sourcils. Je vois bien qu'il ne comprend pas ma réaction. Grand-maman dit :

— Bon, chers invités, assoyez-vous !

Mon père sourit de toutes ses dents de vampire. Grand-maman sourit de toutes ses dents de gentille grand-maman. Moi, je fais un faux sourire en essayant de ne pas claquer des dents. Mon père et moi, nous nous assoyons l'un en face de l'autre. Il fait semblant de rien, il dit :

— Excusez mon retard, j'ai eu un coup de téléphone urgent.

— Rien de grave ? demande grand-maman.

— Non, juste un problème de… Aujourd'hui, j'ai rencontré un croque-mort, un vrai croque-mort !

Moi, je n'en reviens pas. Je dévisage grand-maman en lui faisant de grands yeux pour lui montrer que ma peur est bien fondée sur des faits véridiques. Mais elle, elle sourit. Elle s'approche de mon père avec une casserole et une louche. En le regardant droit dans les yeux, elle lui demande :

— Bon! François, j'espère que tu aimes le potage à l'ail!

Sans aucune hésitation, mon père répond :

— Excellent! L'ail est très efficace pour éloigner les microbes!

Mon papa s'empare de sa cuillère. SLURP! SLURP! SLURP! Sans même nous regarder une seule fois, il avale toute la soupe en un rien de temps. Grand-maman se penche. Elle me murmure à l'oreille :

— Jamais un vampire ne mangerait de la soupe à l'ail.

— Qu'est-ce que vous dites? demande mon père.

— Rien… Rien, répond grand-maman.

Moi, je me dis que mon père a peut-être avalé un antidote avant d'arriver ici. Un contrepoison qui lui permettrait de résister à l'effet de l'ail… Ensuite, pendant que grand-maman et moi, nous mangeons notre potage, mon père en profite pour nous parler de toutes sortes de choses qui ne nous intéressent pas. On dirait vraiment qu'il veut combler le silence en le remplissant de n'importe quoi. Il nous parle de chiffres de zéro à cent… Il nous parle d'un ami qui avait de grandes dents… Il nous raconte qu'il aimerait acheter une cape noire… Il nous demande notre avis concernant l'influence de la pleine lune… Il se lance dans un long monologue à propos du vide qu'on trouve entre les planètes…

Je ne réponds rien. Pendant que mon père papote, je fixe le collet de sa chemise qui est trop haut, trop serré, trop volontairement boutonné.

Après le potage, ma belle et bonne grand-maman d'amour ouvre la porte du four et en sort une belle lasagne toute fumante. Elle l'installe en plein milieu de la table, puis, sur un ton faussement surpris, elle dit :

—OH! Mon Dieu Seigneur, j'ai oublié de faire une décoration dessus!

Elle se précipite vers le réfrigérateur, en sort un gros pot d'olives et commence à les placer, les unes derrière les autres, sur la lasagne. Finalement, les olives alignées verticalement et horizontalement forment une croix presque parfaite et cette croix, elle fait face à mon père qui la regarde en souriant. Puis il dit :

—Comme c'est original, on dirait une croix!

Grand-maman se penche pour me murmurer à l'oreille :

—Les vampires ont horreur des croix!

—Qu'est-ce que vous dites? demande mon père.

—Rien… rien, répond encore grand-maman.

Nous dégustons la lasagne. Nous en mangeons et nous en remangeons encore et encore jusqu'à ce que mon père s'exclame :

—Mais c'est vraiment, vraiment la meilleure lasagne du monde !

Ensuite, en papotant de tout et de rien, grand-maman retire le gâteau du four. Nous attendons pendant quelques minutes pour qu'il refroidisse. Puis, grand-maman commence à découper des morceaux, mais pas des morceaux ordinaires, des morceaux, encore une fois, en forme de croix.

—Comme c'est original, s'exclame mon père en souriant.

—C'est la nouvelle mode, répond grand-maman, qui se mord l'intérieur des joues pour ne pas rire… de moi.

Je déteste qu'on se moque de moi, surtout lorsque j'ai raison de m'inquiéter. Alors, très subtilement, je me lève. Je quitte la table. Je fais semblant de m'approcher du chat mais en fait, je m'approche du calorifère. Je me penche et je tourne le petit bouton pour faire monter la chaleur au maximum dans la cuisine.

Personne n'a remarqué ma tactique. Hé, hé, hé. Je suis vraiment un génie. Je retourne à ma place. Je mange du gâteau. J'attends…

Au bout de quelques minutes, la température augmente dans la cuisine. On se croirait dans une fournaise. Grand-maman, les joues toutes rouges, s'exclame :

— Mon Dieu qu'il fait chaud, ici.

Elle se lève pour vérifier si elle a bel et bien éteint son four. Oui, le four est éteint. Elle se rassoit et là, à ce moment précis, je me rends compte que ma tactique fonctionne à merveille. En répétant «Mais comme il fait chaud! Comme il fait chaud!», mon papa Dracula approche les deux mains de son cou. Du bout des doigts, il déboutonne son col. Il l'ouvre et sans même le savoir, il nous montre les deux morsures encore très apparentes sur le côté droit de son cou.

Je n'en reviens pas. Mon cœur veut exploser, mais je ne veux pas exploser devant un vampire.

Alors, pour me calmer un peu, je retourne vers le calorifère et je ferme le chauffage. Grand-maman vient juste de comprendre ma tactique Elle me regarde du coin de l'œil en bougeant la tête de gauche à droite et de droite à gauche pour me signi-fier : «Noémie, tu es incroyable… incroyable…»

Je retourne m'asseoir à ma place devant mon père. Il sue à grosses gouttes. Il déboutonne le deuxième bouton de sa chemise. Il passe sa main derrière son col. Il n'y a plus de doutes pos-sibles. Je vois très bien les deux morsures.

Ma grand-mère, en fixant le cou de mon père, immobilise sa fourchette devant sa bouche. Elle ne bouge plus. Elle écarquille les yeux. Elle devient blanche comme un fantôme. Soudain, mon père cesse de manger. Il nous regarde. Il devient encore plus blême que d'habitude. La gorge serrée, il nous demande :

—Quoi? Qu'est-ce qu'il y a? Pourquoi me fixez-vous comme ça?

Incapable de parler, je ne réponds rien. Je me lève et je cours jusqu'à la chambre de grand-maman. Je fouille dans le premier tiroir de sa commode. Je m'empare de sa grosse lampe de poche et je reviens vers la cuisine. Clic! J'ouvre la lampe de poche et je lance le rayon directement dans le visage tout blême de mon père en sachant fort bien que les vampires détestent la lumière crue.

Aveuglé par la lumière que je lui lance au visage, mon père ne réagit pas du tout comme un vrai vampire qui devrait se sauver en courant, ou en s'envolant, ou en disparaissant dans un nuage de fumée mauve. Il nous dévisage, hébété, ne sachant plus ce qui se passe. Il demande, en clignant des yeux :

— Voyons, Noémie! Qu'est-ce qui te prend?

Je ne réponds pas. J'attends une vraie réaction de vampire, mais mon père ne fait que cligner des yeux :

— Bon, Noémie, ça va faire… As-tu fini?

— Non!

— Noémie! Arrête immédiatement!

— Non!

—Noémie, je t'ordonne de cesser ce petit jeu!

—Non!

Complètement dépassé par les événements, mon père finit par m'enlever la lampe de poche. Il l'éteint puis il la dépose sur la table. En se frottant les yeux, il dit en rouspétant :

—Bon, est-ce qu'on peut manger... comme des gens normaux?

Je ne peux m'empêcher de répondre :

—Pour manger comme des gens normaux, il faut être normal!

Mon père, qui est un très bon acteur, fait semblant qu'il ne sait pas que j'ai découvert son secret. La tête penchée, les yeux fixés sur son assiette, il termine son morceau de gâteau, puis, complètement repu, il relève la tête en répétant :

—C'était vraiment le meilleur potage, la meilleure lasagne et le meilleur gâteau du monde!

Je suis complètement découragée. En fait, je suis découragée des pieds à la tête en passant par les petits doigts… J'ai épuisé toutes mes tactiques, toutes mes ressources… Je ne sais plus quoi dire, quoi faire, quoi inventer pour qu'il avoue son état de papa Dracula. Et c'est à ce moment précis que ma belle grand-maman d'amour prend la relève. Elle appuie ses deux coudes sur la table et, d'une voix extrêmement courageuse, elle pose à mon père cette question extrêmement précise, qui demande une réponse extrêmement claire :

— François, pour quelle raison as-tu deux petites taches rouges dans le cou?

Figée sur ma chaise, j'attends la réponse avec beaucoup d'inquiétude. Mon père, surpris, touche son cou. Puis, à la surprise générale, il se lève et se dirige vers la salle de bains. Il se regarde dans la glace, et il revient s'asseoir en répondant :

— Ces deux taches-là? Eh bien, ce matin, je me suis rasé trop rapidement et… je me suis coupé avec le rasoir!

Je suis tellement surprise que je demande :

— C'est tout?

— Mais oui, répond mon père. Ce matin, j'étais pressé de faire les lunchs et je me suis coupé avec mon rasoir…

Grand-maman redemande :

—Et c'est tout?

—Mais oui, c'est tout! Pourquoi me posez-vous toutes ces questions?

—Pour rien… vraiment pour rien!

Je regarde mon père au fond des yeux :

—Jure-moi que tu dis la vérité.

Il pose sa main droite sur son cœur et ajoute :

—Mais oui, je te jure que c'est la vérité!

—Toute la vérité?

—Oui, je le jure!

—Rien que la vérité?

—Mais oui, je le jure!

—Tu le jures sur la tête de qui?

—Sur ma tête, ta tête, celle de grand-maman et celle de ta mère! Ça te va?

Je suis tellement contente, heureuse et soulagée d'apprendre que mon père n'est pas un vampire que je me lance sur lui pour lui faire une accolade. Surpris par ma réaction, il me reçoit à bras ouverts, mais tout à coup, j'entends un gros CRAC provenant de l'arrière de la chaise. En une fraction de seconde, je comprends que le dossier vient de céder sous notre poids. Pendant que grand-maman s'écrie «Mon Dieu Seigneur de mon Dieu Seigneur!», mon père et moi, nous tombons à la renverse. BANG! Mon père tombe sur le dos. Moi, je roule sur lui, en tournant la tête sur le côté. Et, en me tournant la tête, mon cou arrive directement sur les deux stylos que mon père garde toujours dans la poche de sa chemise. Je ressens deux petites douleurs dans mon cou. Je roule par-dessus mon père et j'atterris tête première contre la porte du garde-manger. Ba-dang!

Pendant que grand-maman nous regarde, les mains sur les joues et la bouche grande ouverte, moi, un peu étourdie, je me relève en m'agrippant à la poignée de la porte. Mon père, surpris par la tournure des événements, se relève à son tour. Nous nous regardons tous les trois et nous pouffons de rire :

—Hi! Hi! Hi!

—Ha! Ha! Ha!

— Ho! Ho! Ho!

Nous rions comme des fous, mais soudainement, mon père et ma grand-mère me dévisagent. Ils cessent de rire. Ils froncent les sourcils. Grand-maman me demande :

— Noémie, qu'est-ce que tu as dans le cou?

Surprise, je touche mon cou et je ressens comme deux petites brûlures. Je me lance dans la salle de bains pour m'examiner dans la glace. HORREUR! Je n'en reviens pas! Sur le côté de mon cou, j'aperçois deux petits points rouges. Deux petits points qui ressemblent à des morsures… des morsures de vampires! Je ne peux m'empêcher de hurler :

—AU SECOURS ! À MOI ! À L'AIDE !

Mon père et ma grand-maman se précipitent dans la salle de bains. Je leur montre les deux petits points rouges. Mon père dit en riant :

—C'est drôle, on dirait un vampire !

J'éclate en sanglots.

—Snif… Je ne veux pas, snif… devenir un vampire, snif… par un soir de pleine lune.

Grand-maman saisit une débarbouillette, en trempe un bout sous l'eau froide du robinet et m'éponge le cou. Après deux minutes de ce traitement de choc, je me regarde dans la glace. Incroyable! Les deux marques rouges ont disparu… sans laisser de trace… comme par enchantement.

Mon père s'approche. Il regarde son cou et dit en souriant :

—Le plus drôle, aujourd'hui, c'est qu'un de mes confrères de travail trouvait que mes deux cicatrices ressemblaient à la morsure d'un vampire!

En écoutant ces mots, je ne dis rien, mais je sais très bien ce que pense grand-maman, qui ne tarde pas à répondre :

— Ha! Ha! Ha! Quelle drôle d'idée, il y a des gens qui ont vraiment beaucoup d'imagination!

— Eh oui, répond mon père, c'est vraiment incroyable. Hi! Hi! Hi!

Je déteste qu'on se moque de moi. Je tourne les talons et je vais me réfugier dans le salon. Je vérifie derrière le canapé et derrière les autres meubles. Il n'y a aucun vampire. Clic! J'allume le téléviseur. Clic! Clic! Clic! Je vérifie sur toutes les chaînes, je ne vois aucune émission qui contient un vampire ou quelque chose qui s'en approche. J'en suis bien contente.

Je me cale sur le canapé. Je me couvre avec une grosse couverture de laine, puis je ferme les yeux. Au loin, dans la cuisine, j'entends mon père et ma grand-mère qui discutent et qui rigolent. Très drôle! Très drôle. Ce n'est pas très gentil de se moquer d'une pauvre petite fille sans imagination et sans défense!

Pendant que j'entends des éclats de rire et des éclats de voix en provenance de la cuisine, je m'allonge sur le canapé. Fatiguée par ma nuit blanche peuplée de vampires et complètement épuisée par cette journée de fous, je me laisse glisser dans le sommeil... Je flotte entre deux mondes. Je rêve à toutes sortes de petits oiseaux multicolores et aucun d'entre eux ne se transforme en chauve-souris ou vampire. C'est merveilleux ! Et puis soudainement, pendant que je rêve à des moutons de laine, j'entends la voix d'un berger qui s'approche. Et le berger, dont la voix ressemble à celle de mon père, murmure :

— Elle sera plus confortable dans son lit... Je vais la descendre dans sa chambre.

Mon papa se penche vers moi. Il me soulève au-dessus du canapé. Grand-maman, comme une gentille bergère, replace la couverture sur moi. Elle me donne un baiser sur le front... Complètement détendue dans les bras de mon papa-papa, qui n'est plus un papa Dracula, j'entrouvre les yeux. Je vois le plafond du salon, puis le plafond du corridor. Je sens tellement calme et tellement en sécurité que je me dis ceci : j'aimerais voyager, de nuit, à travers le monde, toujours, toujours dans les bras de mon père.

Il me transporte jusqu'au vestibule. Grand-maman lui ouvre la porte, puis elle la referme derrière nous. Dehors, sur le balcon, c'est la nuit noire. Trois milliards d'étoiles brillent dans l'immensité. L'air frais caresse mon visage. Pendant que mon père commence à descendre les marches, j'aperçois, dans le ciel, la lune, la pleine lune… mais je n'ai plus peur de rien, même si, au loin, les sirènes hurlent comme des loups-garous, même si un chat noir miaule dans l'obscurité. Je n'ai pas peur… Bien calée dans les bras de mon père, je referme les yeux et je me laisse glisser dans le sommeil en espérant que cette nuit, je ne ferai aucun cauchemar...

Photo: © Martine Doyon

GILLES TIBO

Illustrateur pendant plus de vingt ans, Gilles Tibo a, un jour, délaissé les images pour les mots. Enthousiasmé par l'aventure de l'écriture, il a créé de nombreux personnages pour tous les âges et tous les publics. Ses livres, traduits en plusieurs langues, lui ont valu de nombreux prix tant au Canada qu'à l'étranger. Nous lui devons plusieurs séries à succès, dont la plus célèbre : la série des *Noémie*, déjà appréciée par des centaines de milliers de lecteurs.

Photo: © Marc Riverain

LOUISE-ANDRÉE LALIBERTÉ

Quand elle était petite, pour s'amuser, Louise-Andrée Laliberté inventait toutes sortes d'histoires pour décrire ses gribouillis maladroits. Maintenant qu'elle a grandi, les images qu'elle crée racontent elles-mêmes toutes sortes d'histoires. Louise-Andrée crée avec bonne humeur des illustrations, des décors ou des costumes pour les musées, les compagnies de théâtre et les agences de publicité. Tant au Canada qu'aux États-Unis, ses images ajoutent de la vie aux livres spécialisés et de la couleur aux ouvrages scolaires ou littéraires. Elle illustre pour vous la série Noémie.

SÉRIE NOÉMIE

Noémie a sept ans et trois quarts. Avec madame Lumbago, sa belle grand-maman d'amour en chocolat, Noémie apprend la vie. Au cours des différentes aventures, pleines de rebondissements et de péripéties, notre jeune héroïne découvre la tendresse, la complicité, l'amitié, l'amour et la persévérance… Coup de cœur garanti !

WWW.MAGLECTURE.COM
Pour tout savoir sur tes auteurs
et tes livres préférés

GARANT DES FORÊTS INTACTES | L'impression de cet ouvrage sur papier recyclé a permis de sauvegarder l'équivalent de 50 arbres de 15 à 20 cm de diamètre et de 12 m de hauteur.